Ramona Blättler

# Die Kraniche im Flug

Bibliografische Information der Deutschen
Nationalbibliothek: Die Deutsche
Nationalbibliothek verzeichnet diese Publikation
in der Deutschen Nationalbibliografie; detaillierte
bibliografische Daten sind im Internet über
dnb.dnb.de abrufbar.

©2022 Ramona Blättler
Herstellung und Verlag: BoD – Books on Demand,
Norderstedt

ISBN: 9783756839193

Eine Novelle, die von Schmerz und Hoffnung handelt und dazu einen wahren Kern besitzt.

Es waren die ersten Lektionen des Tages. Die kalte Novemberluft zog draussen um das Schulgebäude und wirbelte einige wenige Blätter durch die Luft. Die letzten Kinder der Klasse hatten sich soeben der frostigen Kälte entzogen und sich in dem Schulzimmer eingefunden. Wie immer waren einige der Jugendlichen schon seit einer Weile da und führten Gespräche mit ihren Klassenkameraden.

Doch heute unterhielten sie sich nicht mit lockeren Gesprächen wie üblicherweise. Die Atmosphäre war nicht leicht und fröhlich. Es lag nicht daran, dass die ersten winterlichen Tage des Monats begonnen hatten, nein, es lag viel mehr an dem einen Platz, der heute schon wieder nicht besetzt war. Zuerst fiel es den meisten Schülern nicht einmal auf, denn Sota war schon immer ein eher ruhiger Mitschüler, den man leicht übersah. Doch als die Ersten auf seine Abwesenheit hindeuteten, wuchsen die Fragezeichen über ihren Köpfen. Sota war eigentlich immer anwesend, und wenn doch nicht, dann wusste immer mindestens jemand davon Bescheid. An diesem Montag war es jedoch anders. Niemand wusste, warum sein Platz schon wieder leer blieb. Schon seit dem vergangenen Donnerstag tauchte er nicht mehr in der Schule auf.

Mit dem Klingeln der Schulglocke betrat schliesslich auch die Klassen- und ebenso Deutschlehrerin das Klassenzimmer. Die Schüler standen auf und verneigten sich kurz, wie es die japanische Tradition verlangte. Ehe die Lehrerin an ihren Schreibtisch lief, liess diese ihren Blick durch das Schulzimmer schweifen. Mit zügigen Schritten näherte sie sich ihrem Pult und breitete ihre Unterlagen aus. Neben ihren üblichen Gegenständen holte sie dieses Mal auch einen kleinen Stapel Origami Papier hervor und stellte ihn mit einem ernsten Gesichtsausdruck vor sich hin.

«Heute werden wir die erste Deutschlektion streichen und über ein anderes, jedoch sehr wichtiges Thema sprechen.» Nachdem sie mit diesem Satz die Aufmerksamkeit der ganzen Klasse auf sich gezogen hatte, betrachtete sie nochmals die einzelnen Gesichter der Jugendlichen. Auf einigen liess sich Freude darüber, dass der Deutschunterricht ausfiel, erkennen, auf anderen Neugier und auf einigen wenigen Besorgnis.

«Wie euch wahrscheinlich aufgefallen ist, fehlt Sota seit einiger Zeit», während die Lehrerin eine kurze Sprechpause machte und sich zu überlegen schien, wie sie die folgenden Worte am besten ausdrücken könnte, erkannte man, wie den Schülern der Ernst der Lage bewusst wurde. Sie wussten zwar noch nicht, was ihnen erzählt werden würde, doch wenn eine Lehrperson die Abwesenheit eines Schülers so ansprach, konnte das einfach nichts Gutes bedeuten. «Sota hat mich gebeten, euch etwas mitzuteilen. Er ist momentan in einer Klinik und lässt sich aufgrund einer Essstörung behandeln. Er wird so bald nicht zurück in die Schule kommen.» Bei dieser Neuigkeit schauten sich die Schüler besorgt an. Niemandem fiel auf, dass Sota an etwas dieser Art litt. «Ist das nicht eine Mädchenkrankheit? Und wie kann es sein, dass es niemandem von uns aufgefallen ist? Ist man dann nicht extrem mager?», fragte einer der Schüler, der sich keinen Reim auf das Ganze machen konnte. «Zu deiner ersten Frage, obwohl Essstörungen bei Frauen deutlich häufiger vorkommen, ist dies auf keinen Fall eine reine Frauenkrankheit. Männer können ebenso gut von eben jener betroffen sein, wie das weibliche Geschlecht. Und der Umstand, dass Sota, ein Junge, daran erkrankt ist, macht eine diese auch nicht weniger gefährlich. Und um auch deine zweite Frage zu beantworten, nein, es muss nicht sein, dass man bei einer Essstörung mager ist,» erwiderte die Lehrerin, «es existieren verschiedenste Arten von Essstörungen. Natürlich gibt es da die Magersucht, welche du gerade eben beschrieben hast, aber das ist bei weitem nicht die Einzige. Es gibt auch andere Essstörungen, welche deutlich weiterverbreitet sind. Es gibt solche, bei denen man kaum einen Unterschied erkennen kann oder deren Auswirkungen das Gegenteil der Magersucht sind. Da gibt es zum Beispiel die Binge-Eating-Störung, bei der man bei sogenannten 'Fressattacken' unkontrolliert viel Nahrung zu sich nimmt. Oder auch die Bulimie, wo man nach Essanfällen die Nahrung wieder erbricht.» Bei diesen Beispielen nickten alle verstehend. «Also kann es gut sein, dass Sota schon Jahre an einer Art von Essstörung litt und es niemand von uns bemerkt hat, da man es manchmal einfach nicht sehen kann?», schlussfolgerte eine der Schülerinnen. «Genau so ist es. Es gibt aber natürlich noch viele weitere Arten von Essstörungen, doch diese drei Arten gehören zu den häufigsten. Falls euch dieses Thema noch weiter interessiert, könnt ihr nach dieser Lektion gerne zu mir kommen und ich gebe euch ein paar gute Internetseiten, wo ihr mehr darüber erfahren könnt. Doch jetzt wollen wir weiter machen.» Die Lehrerin hält den Stapel Origami-Papier in die Luft. «Wer von euch weiss, was das ist?» Natürlich eilten einige der Hände flink in die Luft. «Origami-Papier», antwortete der Schüler, den die Lehrerin aufgerufen hatte. «Und hat jemand auch eine Idee, was wir mit dem falten werden?», nach dieser Frage schnellte keine der Hände in die Luft. «Wir werden Papierkraniche falten,» eröffnete die Lehrerin, «und währenddessen wir diese falten, werde ich euch die Geschichte über Sadako Sasaki erzählen, die im Jahr 1955 gelebt hatte.»


Sadako Sasaki führte ein Leben wie jedes andere 12-jährige Mädchen im Jahr 1955. Sie wuchs in Japan auf, ging dort in die Schule und verbrachte ihre Freizeit gerne mit ihren Freunden. Sie war gut in der Schule und hatte vielseitige Interessen, doch nichts ging ihr übers Rennen. Sie liebte das Gefühl der Freiheit, welches sie überkam, wenn sie rannte. Sadako war darin auch sehr talentiert, in ihrer Freundesgruppe war sie immer die Schnellste und auch bei Wettbewerben in der Schule erreichte sie immer das Podium ihrer Kategorie. Es war kaum zu übersehen, wie sehr ihr das Rennen gefiel.

Das Wetter war schön und warm, als Sadako, wie an vielen anderen Tagen, mit ihren Freunden spielte. Wieder einmal tollten sie um ihre Häuser herum. Heute stellte es sich als besonders anstrengend heraus, denn es wurde Sadakos Lieblingsspiel gespielt. Die Freundesgruppe hatte die Regel, dass jeder Tag einer der Freunde sich ein Spiel wünschen durfte, welches sie dann an jenem Nachmittag spielten. Heute durfte sich Sadako ein Spiel wünschen und wer hätte es gedacht, sie wünschte sich, wie jedes Mal, Fangen. Doch obwohl der bisherige Tag wie jeder andere verlief, ging das Spiel an diesem Tag ganz anders vonstatten. Sadako konnte man normalerweise nur mit einer List fangen, denn wenn sie einem sah, rannte sie viel zu schnell weg und obwohl das jeder wusste, versuchten die Freunde immer wieder Sadako auch auf diese Weise zu fangen. Doch jedes Mal aufs Neue scheiterten sie.

«Na renn schon, wenn du mich einholen willst», rief Sadako noch freudig dem Fänger zu. Dieser nahm nach ihrer Aussage die Verfolgung mit umso mehr Interesse wieder auf, denn er merkte, wie er in kleinen Stücken aufholte. «Was ist denn heute los, Sadako? Ich hole dich immer mehr auf! Warte nur, bis ich dich wirklich erwische!» Bevor er mit seiner Äusserung fertig wurde, beobachtete er, wie Sadako die Beine versagten und sie zu Boden stürzte. Schnell holte er sie ein, berührte sie sachte an der Schulter und rief ohne viele Bedenken: «Hab dich!». Er dachte, dass es ein normaler Sturz war und sie gleich frustriert, da sie nun fangen musste, aufstehen und die Verfolgung aufnehmen würde. Doch nichts dergleichen geschah. Sie blieb liegen und rührte sich nicht. Nun von Besorgnis getrieben, drehte er sich um und eilte zu Sadako zurück. Auch die anderen Freunde liessen die sichere Entfernung hinter sich und näherten sich den Beiden. «Sadako? Ist alles gut bei dir?», fragte der vorherige Fänger. Er bekam keine Antwort. Als schliesslich Sadakos beste Freundin, Mitsuko, welche sie seit über acht Jahre kannte, nahe genug herantrat und an ihrer Schulter rüttelte, bewegte sich Sadako endlich ein kleines Stück. Ihre Freunde halfen ihr schliesslich sich aufrecht an einer Wand angelehnt hinzusetzen und das Blut der Schürfwunde mit einem Tuch zu reinigen. Jemand der Gruppe eilte davon, um bei sich zuhause einen Becher mit Wasser zu holen.

«Was war denn da gerade los, Sadako?», fragte ihre Freundin. «Ich weiss es auch nicht. Es wurde plötzlich alles schwarz vor meinen Augen», flüsterte Sadako mit einem leicht hilflosen Unterton. Die heitere Stimmung von vorhin verflog. Niemand hatte mehr Lust weiterzuspielen. Nachdem der Junge mit einem Becher Wasser zurückgekommen war und Sadako diesen geleert hatte, schlug einer der kleinen Gruppe vor, Sadako nachhause zu bringen. Bevor Sadako etwas dagegen sagen konnte, standen schon zwei ihrer Freunde neben ihr und legten sich jeweils einen ihrer Arme über die Schulter, um sie beim Gehen zu unterstützen.

Der Nachhauseweg zu ihrem Haus dauerte zum Glück nicht sehr lange. Sadakos Beine waren immer noch etwas schwach und sie war froh um die Unterstützung ihrer Freunde. Noch bevor sie bei Sadakos Haus ankamen, hatten sich einige grosse, blaue Flecken auf der hellen Haut gebildet. Doch wie der Gruppe auffiel, befanden sich diese nicht nur an den Knien und Ellenbogen. Sie fanden auch welche am Oberarm, wo die Freunde sie gehalten haben, um ihr zu helfen aufzusitzen. «Hast du schon immer so leicht blaue Flecken bekommen, Sadako?», fragte Mitsuko, während sie mit ihrem Finger auf die blauen Flecken deutete. «Ja, das hat in den letzten Jahren angefangen, als Kind hatte ich das weniger. Aber das ist schon nicht so schlimm, ich habe mich daran gewöhnt», winkte sie die Besorgnis ihrer

Freundin ab. «Bist du dir sicher, dass das normal ist? Wir haben dich nicht so festgehalten und doch hast du blaue Flecken davongetragen», mischte sich nun ein weiteres Mitglied der Gruppe ein. «Jaja, wenn etwas daran nicht normal wäre, wäre mir das bestimmt schon aufgefallen», wimmelte sie weiterhin die Fragen und Unsicherheit der anderen ab.

Nach ein paar wenigen Minuten erreichten sie schliesslich das alte Haus der Familie Sasaki. Obwohl man sah, dass das Haus alt war, merkte man auch, dass die Familie viel daransetzte, das Traditionelle Haus instand zu halten. Der Garten, welcher das Haus umgab, war sauber und gepflegt. Da es Sadako wieder etwas besser zu gehen schien, liessen ihre Begleiter sie vorgehen. Sadako öffnete die Schiebetür im Vorgarten, welche direkt ins Wohnzimmer führte, und rief ihrer Mutter, Shiori, zu, dass sie wieder zuhause sei. Ohne besonders lange zu warten, tauchte Shiori im hinter einer weiteren papierenen Schiebetür auf. «Oh Gott, Sadako, was ist denn mit dir passiert!», rief ihre Mutter überrascht aus. «Nicht viel Mama, ich bin nur hingefallen. Kann dir ja später davon erzählen», versuchte Sadako erneut alles herunterzuspielen. Denn sie mochte es nicht, wenn andere, vor allem ihre Mutter, sich unnötig Sorgen machten und es war ja wieder alles gut bei ihr. Doch die Blicke und Gesichtsausdrücke von Sadakos Freunden machten ihre Lüge zunichte.

Sie wussten alle, dass Sadako Frau Sasaki nicht die Wahrheit erzählen würde. «Wollt ihr nicht hineinkommen und etwas essen und trinken? Das viele Spielen muss euch doch etwas ermüdet haben, oder nicht? Ich habe gerade eben Teig für Hottokeki gemacht. Wenn ihr noch etwas warten würdet, dann könnte ich euch frisch welche backen», schlug die besorgte Shiori vor, der die Blicke der Freunde natürlich nicht entgangen sind, «dabei könnt ihr mir dann auch noch erzählen, was wirklich vorgefallen ist.»

Nach einer kurzen Denkpause stimmte jeder der Freunde zu. Da sie verfrüht aufgehört hatten zu spielen, würde auch niemand zuhause vermisst werden und als ob sie Hottokeki von Frau Sasaki hätten ablehnen können. Sadakos Mutter war für ihren ausgezeichneten Backkünste bekannt und immer, wenn Sadako Gebackenes in der Schule dabeihatte, versuchten sie einen Bissen zu ergattern.

Kurze Zeit später sassen alle mit einem Becher Wasser auf dem Boden vor dem kniehohen Tisch Wohnzimmer und hatten ein Hottokeki vor sich. Währenddem die kleine Gruppe das Essen genoss, fragte Shiori: «Nun, möchtet ihr mir nicht erzählen, was wirklich vorgefallen ist?» Zuerst richtete sie die Frage an Sadako selbst, doch als sie merkte, dass sie von ihr keine Antwort erhalten würde, wendete sie ihren Blick auf Mitsuko. «Sadako, ich finde wirklich, dass du deiner Mama erzählen solltest, was vorgefallen ist, was, wenn da wirklich mehr dahintersteckt? Und wenn du es nicht tust, dann muss es ich, als deine beste Freundin, erzählen», versuchte sie Sadako zu überreden. Auch die anderen stimmten ihr nickend zu. «Also Sadako, was ist wirklich passiert, ich glaube, ich sollte das nun erfahren», hakte Shiori erneut nach. Widerwillig setzte Sadako zum Sprechen an: «Wir haben normal wie immer fangen gespielt und dann ist mir währenddes Davonrennens schwarz vor den Augen geworden. Aber es ist ja nichts passiert und mir geht es wieder gut!» Desto weiter Sadako sprach, umso düsterer wurde der Gesichtsausdruck ihrer Mutter. «Bist du dir sicher, dass wieder alles gut ist? Kann ich dir noch irgendwas machen, mein Spätzchen?» «Nee Mama, es ist schon alles gut!», antwortete sie ihrer Mutter und fragte an ihre Freunde gewandt, «wollen wir wieder raus weiterspielen gehen?» Bevor Sadako allerdings aufspringen konnte, griff Shiori ein: «Ich denke nicht, dass du gleich wieder draussen herumrennen solltest, erhol du dich zuerst einmal richtig hier im Haus. Du kannst morgen wieder raus, mit deinen Freunden spielen gehen.» Sadako wollte nicht auf ihre Mutter hören und versuchte ihre Fürsorglichkeit abzuwimmeln, doch ihre Freunde stimmten der Meinung von Shiori zu. Einer der Freunde versuchte ebenfalls Sadako mit seinen Worten zu überreden: «Bleib doch für heute hier, Sadako, du darfst dir dafür morgen wieder ein Spiel wünschen, oder Freunde?», zustimmend nickten alle der Gruppe. Widerwillig lenkte Sadako ein und verabschiedete sich von ihren Freunden, welche ihr eine gute Besserung wünschten. Dabei dachte Sadako sich die ganze Zeit, dass sie doch kerngesund sei und ihr nichts fehle. Sie verstand die anderen nicht. «Ist dir schon häufiger schwarz vor den Augen geworden, Sadako?», fragte ihre Mutter, als sie die Tür hinter ihren Freunden geschlossen hatte. «So wie heute noch nie», antwortete Sadako mit einem Schmollmund, «aber manchmal, vor allem wenn ich aufstehe, ist es mir etwas schwindelig, aber ist das nicht normal?» «Es kann schon passieren, aber so wie heute sollte es nicht sein. Kann es sein, dass du in letzter Zeit auch sehr leicht blaue Flecken bekommst?», versuchte Shiori weitere Informationen aus Sadako zu locken. Auf ihre Frage, ob sie schnell blaue Flecken bekomme, nickte sie zustimmend. «Ok, ich glaube, wir machen einen Termin beim Arzt aus. Dann können wir das alles einmal abchecken und schauen, ob da mehr dahinter steckt. Es kann gut sein, dass nichts ist, aber ich bin da lieber auf der sicheren Seite, ich möchte dich schliesslich nicht verlieren. Ruh dich doch etwas in deinem Zimmer aus, ich bringe dir gleich noch einen Tee vorbei und mache danach einen Termin beim Arzt ab.» Als Sadako an ihr vorbeilief, hielt die Mutter sie nochmals kurz auf und zog sie fest in die

Arme. Dabei flüsterte sie, dass sie Sadako ganz fest liebhabe.

Der Termin beim Arzt konnte zum Glück gleich auf den nächsten Tag gelegt werden. In der Zwischenzeit hatte Sadako keinen Ohnmachtsanfall mehr und Shiori beruhigte sich immer mehr. Doch sie bestand immer noch darauf, dass Sadako sich einmal durchchecken lassen sollte. Am Morgen liess die Mutter Sadako nur ungern in die Schule, doch sie erkannte auch, dass es Sadako wahrscheinlich am besten tun würde, wenn sie nicht übermässig umsorgt wurde. In der Schule hatten sich Sadakos Freunde erkundet, wie es ihr ging. Sie versicherte allen, dass es ihr gut ginge, aber sie heute Nachmittag trotzdem einen Kontrollcheck machen werde. Dass ihr heute Morgen wieder etwas schwindelig war, verschwieg sie allen. Sie wollte nicht, dass jemand dachte, dass sie krank sei, und sie fühlte sich ja auch die meiste Zeit gut. Sie sah es als Schwäche zuzugeben, dass es ihr heute Morgen schon wieder passierte. Also beschloss sie, es niemandem zu erzählen.

Am Mittag wurde Sadako schliesslich von ihrer Mutter abgeholt und zum nächsten Krankenhaus gebracht. Dort angekommen dauerte es nicht lange, bis sie im Wartezimmer aufgerufen und in ein steril eingerichtetes Zimmer gebracht wurden. Sadako setzte sich auf einen Behandlungstisch und ihre

Mutter auf einen der Stühle, welche in einer der Ecken des Zimmers, neben einem kleinen Bonsai, standen. Shiori schien nervöser als ihre Tochter selbst zu sein. Sie war sich bewusst, dass eine Ohnmacht aus dem Nichts, nicht normal ist und da etwas weitaus Schlimmeres dahinterstecken könnte. Es herrschten ein paar Minuten des Schweigens, bis endlich ein Arzt das Zimmer betrat und die Beiden begrüsste. «Guten Tag Frau Sasaki», begrüsste er Shiori, ehe er sich mit einem freundlichen Lächeln Sadako zuwandte, «guten Tag Sadako! Wie geht es dir?»

«Mir geht es ganz gut», antwortete sie mit einem Schulterzucken. «Ich habe gehört, dass du gestern beim Rennen ohnmächtig wurdest, kannst du mir erzählen, wie genau das abgelaufen ist?», fragte der Arzt. Nachdem sie die Geschehnisse berichtet hatte, fragte er noch nach ein paar wenigen Details und ob das schon einmal passiert war. Nach kurzem Überlegen verneinte Sadako die Frage. Sie wurde noch nie ohnmächtig, zumindest konnte sie sich an keinen Zwischenfall erinnern. Die gleiche Frage stellte er auch an die Mutter. «Sie war abgesehen von gestern noch nie ohnmächtig, zumindest meines Wissens nicht. Doch sie hat mir von Schwindelanfällen berichtet und auch blaue Flecken bekommt sie seit einiger Zeit deutlich schneller und häufiger.» Der Arzt betrachtete Sadako, welche auf der Liege sass und ihre Beine baumeln liess, nachdenklich. «Was ich bisher gehört habe, deutet für mich auf etwas im Blut hin, ich würde gerne eine Probe von deinem Blut abnehmen und dieses ins Labor senden und untersuchen lassen», sagte er an Sadako gewandt, ehe er sich zur Mutter umdrehte und ergänzte, «aber natürlich nur, wenn sie einverstanden sind, Frau Sasaki.» «Was denkst du mein Engel? Ich fände es gut und wichtig, wenn wir das weiter untersuchen würden, aber ich will dich zu nichts zwingen.» Sadako schien der Gedanke, dass man ihr eine Blutprobe abnehmen würde, nicht weiter zu stören, sie nickte und bestätigte somit, dass es für sie ebenfalls in Ordnung wäre.

Nach nicht allzu viel Zeit war die Blutprobe abgenommen und noch einige kleinere Tests mit Sadako durchgeführt worden. Beim Verlassen des Zimmers informierte sie der Arzt, dass das Krankenhaus in ein paar Tagen die Resultate vom Labor erhalten würden und dann die Familie unverzüglich informieren und einen neuen Termin ausmachen würden.

Die Tage verstrichen ohne weitere grosse Zwischenfälle. Sadako hatte einige Schwindel und Schwächeanfälle, doch tat diese jedes Mal ab und versteckte sie, wenn möglich, vor anderen. Auch wenn sich die besorgte Mutter mit der Zeit wieder etwas beruhigte, da sie von keinen weiteren Zwischenfällen gehört hatte, erwartete sie den Anruf des Krankenhauses sehnlichst. Sie brauchte die Bestätigung das alles gut sei, um sich endgültig Beruhigen zu können. Bei jedem Klingeln des Telefons hoffte sie, dass es sich um das Krankenhaus handeln würde, doch es waren jedes Mal Sadakos Freunde oder andere Personen.

An einem Vormittag klingelte endlich das lang ersehnte Telefon. Der Anruf des Krankenhauses. Eilig nahm die Mutter das Telefon ab. Die Stimme berichtete, dass sie soeben die Blutwerte von Sadako erhalten haben und gerne einen Termin an diesem Nachmittag festlegen würden. Shiori stimmte sofort zu, desto früher, umso besser, sagte sie sich. Als Sadako an diesem Mittag nachhause kam, war sie darüber überhaupt nicht erfreut. Ihre Freundesgruppe hatte heute Morgen in der Schule schon bestimmt, welches Spiel sie am Nachmittag spielen würden und es war natürlich eines der Spiele, die Sadako besonders gerne mochte. Sie war sehr enttäuscht, dass sie nicht spielen gehen konnte, doch gleichzeitig wusste sie, wie viel es ihrer Mutter dieser Arzttermin bedeutete und dass ein solcher immer Vorrang haben sollte. Sie glaubte zwar nicht, dass irgendetwas Spezielles herauskommen würde, aber ihrer Mutter zuliebe riss sie sich zusammen und sagte ihren Freunden widerwillig ab.

Innerlich hatte sie die Hoffnung, dass der Termin nicht lange dauern würde und sie später bei der

Gruppe dazustossen könnte. Nicht allzu lange Zeit später sitzen Sadako und ihre Mutter wieder in dem Wartezimmer des Krankenhauses. Wie das letzte Mal, müssen sie auch heute nicht allzu lange warten, bis sie aufgerufen wurden. Heute brachte man sie allerdings nicht in ein Behandlungszimmer, sondern in ein Büro, wo der Arzt vom letzten Mal schon auf sie wartete. Sein Gesicht zeigte keinerlei Regungen, als die Beiden das Zimmer betraten. Hinter seinem Schreibtisch entdeckte Sadako ein auf Stoff geschriebenes Haiku, dass besagte: „Boten der Götter; Kraniche fliegen am Himmel; Bringen Glück und Heil". Der Arzt folgte ihrem Blick, lächelte kurz und begrüsste die beiden freundlich. Jedoch konnte man in seiner Stimme einen leicht bedrückten Unterton bemerken. «Gefällt dir das Haiku?», fragte er an Sadako gewandt. Sie nickte mit einem Lächeln im Gesicht. «Mir gefällt es ebenfalls sehr gut, ich finde es bringt einem Hoffnung. Aber nun zu einem wichtigeren Thema, wie sie wissen, haben wir die Resultate der Blutuntersuchung erhalten. Wir haben entdeckt, was zu einer grossen Wahrscheinlichkeit der Auslöser der Schwindelanfälle, dem Ohnmachtsanfall und dem vereinfachten Zusetzen von blauen Flecken, ist», fing der Arzt an, die Ergebnisse mit einem ernsten Gesichtsausdruck zu erklären. Nickend warteten sie darauf, dass der Arzt weitersprach. «Die Werte zeigen, dass die Anzahl der weissen Blutkörperchen im Vergleich zu den roten Blutkörperchen und den Blutplättchen viel zu hoch ist.» Während dieser weiteren Erklärung verdüsterte sich das Gesicht von Shiori. Sie war sich nicht sicher, was genau das bedeutete, doch sie ahnte, dass es etwas Grösseres sein müsste. Sadako erkannte noch nicht, was das für ihr Leben bedeutete und wie sehr sich ihr Leben verändern würde. «Diese Anzeichen», fuhr der Arzt fort, «deuten auf Leukämie, was auch Blutkrebs genannt werden kann, hin.» Bei diesen Worten musste sich Shiori auf der Armlehne abstützen. «Ist … ist das Heilbar? und wie gefährlich ist Leukämie?», fragte die Mutter in fast schon einem flüsternden Ton. Auch Sadako schien etwas bleicher geworden zu sein. Die Fragen bleiben nur kurz unbeantwortet und doch, scheint für die Beiden eine Ewigkeit vergangen zu sein. Bevor der Arzt überhaupt anfing zu sprechen, verriet sein Gesichtsausdruck schon, dass die Antwort nicht erfreulich sein würde. «Leukämie kann tödlich enden. Es gibt zwar Behandlungsmethoden, doch die schlagen nicht immer gut an. Aber desto früher man bemerkt, dass jemand Leukämie hat, umso eher kann man sie bekämpfen. Es ist gut, dass sie, Frau Sasaki, nach dem Ohnmachtsanfall beschlossen haben, Sadako einmal durchzuchecken!» Diese Worte musste sowohl die Mutter als auch Sadako erst einmal sinken lassen. Die ersten Tränen rannen schon über ihre Wangen. Sie konnten es nicht glauben. Ihre Welt könnte zusammenbrechen und es gab keinen Weg etwas dagegen zu tun. Das Einzige, was ihnen blieb, war ein Funke Hoffnung. Der Raum wirkte auf Sadako auf einmal viel dunkler und düsterer. Wie konnte das sein? Sie war doch noch so jung. Wieso traf es sie, sie hatte doch noch so viel vor in ihrem Leben.

Bevor sich die beiden noch mehr in ihre Gedanken abkapseln konnten, streckte der Arzt seine Hände aus und legte sie sanft auf jeweils eine Hand der beiden Familienmitglieder der Familie Sasaki. «Leukämie betrifft in den meisten Fällen eher ältere Personen. Wir haben noch nicht so viele Statistiken, wie die Medikamente bei jungen an Leukämie Erkrankten wirken. Es kann sein, dass jüngere der Betroffenen eine grössere Überlebenschance haben als diejenigen, die üblicherweise mit Leukämie zu kämpfen haben», versuchte der Arzt etwas Hoffnung zu spenden. Er löste seine Hände wieder von den ihren und stand auf, um zu einem Schrank hinter ihm zu gelangen. In einer der Schubladen lag ein Tablett, welches voller Medikamente war, nach dem er griff. Kurz darauf, nachdem er die Medikamente kontrolliert hatte, drehte er sich um und stellte es auf den Tisch vor die Familie Sasaki. «Ich würde eine Chemotherapie verordnen. In Sadakos Zustand kann diese noch ambulant durchgeführt werden. Das heisst, dass wir in den nächsten Tagen einen Termin haben, an dem Sadako zu uns ins Krankenhaus kommt und wir die Chemotherapie durchführen. Wenn sie nach dieser

Chemotherapie noch fit ist, darf sie für die Nacht und bis zum nächsten Termin wieder nachhause. Diese Medikamente», dabei deutete er auf das Tablett vor sich, «sollte sie zwischen den Chemotherapien einnehmen. Es sind auch einige dabei, die gegen die mögliche Übelkeit helfen, diese muss sie nicht zwingend nehmen. Auf der Liste darunter habe ich alles dokumentiert, was man beachten sollte. Falls sich in der Zwischenzeit eine Verschlechterung zeigen würde, muss sie sofort stationär aufgenommen und behandelt werden.» Nun mehr an Sadako gewannt, fügte er noch weitere Erklärungen hinzu: «Du darfst in der Zeit zuhause keine körperlich anstrengenden Aktivitäten machen. Du solltest wenn möglich im Haus oder Garten bleiben und jegliche Art von Stress vermeiden.» Sadako schien nicht erfreut darüber zu sein, nickte allerdings trotzdem.

Immer noch halb unter Schock nickte auch Shiori und griff nach den Medikamenten. Unter ihnen war der besagte Zettel vorzufinden, doch sie konnte sich in diesem Moment nicht besonders darauf konzentrieren. In ihrem inneren Auge spielte sich immer wieder die gerade eben zugetragene Szene ab. Sie wollte es immer noch nicht richtig glauben und nur langsam sickerte die Nachricht in ihren Verstand. Sadako ging es nicht viel anders. Eine solche Botschaft war nie einfach zu akzeptieren, aber besonders schwer war es als 12-Jährige mit so einer

Nachricht zu leben. In ihrem Kopf sammelten sich noch so viele Dinge, die sie erleben wollte. Sie wusste, dass die Leukämie nicht zwingend zu ihrem Tod führen würde, doch so wie sie es der Reaktionen der anderen abgelesen hatte, waren ihre Chancen zu überleben auch nicht besonders hoch. Immer noch verzweifelnd und nicht begreifend, warum es genau ihre Familie getroffen hatte, fragte die Mutter den Arzt: «Sie haben gesagt, dass hauptsächlich ältere Menschen von Leukämie betroffen sind, wieso ist dann meine Tochter daran erkrankt?» Sie wusste, dass es nicht ihre Schuld war und sie nichts dafürkonnte, aber in ihrem Schmerz versuchte sie herauszufinden, was sie falsch gemacht hatte, wo ihr Fehler lag, dass ihre kleine Tochter so etwas durchstehen musste.

«Sie lebten früher in Hiroshima, oder?», fragte der Arzt Frau Sasaki, obwohl er es schon wusste, da es in ihrer Patientenakte so stand. Nachdem sie genickt hatte, fuhr er mit seiner Erklärung fort: «Die Atombombe führte, wie ihr bestimmt wisst, zu Verstrahlungen. Eine der möglichen Folgen von einer atomaren Verstrahlung ist Leukämie. Ich vermute, dass Sadako aufgrund dieses Zwischenfalles in einem solch jungen Alter daran erkrankt ist.» Verstehend und niedergeschlagen konnte die Mutter diese Tatsache nur akzeptieren.

«Am besten machen sie beim Hinausgehen gleich den Termin für den Start der Chemotherapie ab.», schlug der Arzt vor. «Das werde ich machen», antwortete Shiori mit einer leisen, betrübten Stimme. «Hast du noch irgendwelche Fragen an mich», fragte der Arzt Sadako, da sie die ganze Zeit über schwieg. «Denken sie … denken sie, ich werde wieder gesund?», fragte sie mit einer leisen, verunsicherten Stimme. «Wenn wir ganz fest daran glauben und auch du ganz fest daran glaubst, weiss ich nicht, was dich daran hindern könnte, wieder gesund zu werden! Der Glaube, dass du es schaffen kannst, ist das Wichtigste, denn dann ist alles möglich, ausserdem scheinst du mir eine Kämpferin zu sein!», versuchte er ihr etwas Mut zuzusprechen. Der Versuch, Sadako etwas Hoffnung zu vermitteln, war gelungen. Ihre Schultern strafften sich etwas und sie sprach leise vor sich hin, dass sie diesen Krebs bekämpfen und sich von ihm niemals die Möglichkeit zu rennen und Spass zu haben nehmen lassen werde. Auch Shiori tat die Zusprache gut und mit Sadakos kleiner Motivationsrede zu sich selbst, erschien ein leichtes Lächeln auf den Mund ihrer Mutter.

Der Termin für die erste Chemotherapie konnte zu Sadakos Glück gleich auf den nächsten Tag gelegt werden. Den Rest des Abends lag eine bedrückte Stimmung in der Luft. Keiner konnte die Stimmung etwas aufzubessern, und so blieb es wie es war. Obwohl Sadako früh ins Bett ging, liessen sie die

Gedanken noch lange nicht schlafen. Sie dachte an all ihre bisherigen Erlebnisse und was sie noch alles machen wollte. In einer Sekunde glaubte sie daran, dass sie den Krebs überstehen konnte und in der nächsten wirkte alles hoffnungslos. Dieser Wirrwarr an Gedanken ging weiter, bis sie schliesslich die Müdigkeit einholte und sie in einen unruhigen Schlaf fallen liess.

Am Morgen fühlte sich Sadako wie immer. Sie wollte aufstehen und sich anziehen gehen, doch wie in der letzten Zeit häufiger, taumelte sie etwas und versuchte den Schwindel zu unterdrücken. Da fiel ihr auch wieder die Diagnose vom gestrigen Tag ein. Sie hatte Leukämie und heute sollte der erste Tag der Chemotherapie sein. Mit einem nervösen Gefühl trat Sadako in die Küche. Ihre Mutter stand schon dort und bereitete ein ausgiebiges Frühstück zu. «Hey, mein Schatz», begrüsste sie, als sie Sadako in die Küche treten sah. «Bereit für heute?», fragte sie nach kurzem Zögern. Unter ihren Augen sah man tiefe Ringe, sie schien ebenfalls schlecht geschlafen zu haben. Abwesend nickte Sadako zur Bestätigung. Nachdem die Mutter Sadakos Hilfe abgelehnt und die letzte der Speisen auf dem Tisch platziert hatte, setzten sich die beiden und assen das mit Liebe zubereitete Asa Gohan. Da das Frühstück als die wichtigste aller Mahlzeiten galt, bereitete Shiori viele kleine Gerichte vor. Sie hatte Reis, Miso-Suppe, Tamagoyaki, Ei und gegrillten Lachs zubereitet, auf schönen Tellern angerichtet und in der Mitte des kniehohen Tisches platziert.

Nach diesem üppigen Frühstück wurde es auch schon Zeit aufzubrechen. Sie legten den inzwischen altbekannten Weg schweigend zurück. Im Krankenhaus wurden sie in ein neues Zimmer gebracht, welches genauso steril und weiss war wie jedes andere auch. Dort bat die Pflege Sadako sich auf den Stuhl in der Mitte zu setzen. Wenige Minuten später betrat ein Arzt das Zimmer. «Guten Tag Frau Sasaki und Sadako, ich bin der zuständige Arzt für die Chemotherapie», stellte er sich vor. «Bevor wir beginnen, möchte ich euch noch über mögliche Nebeneffekte aufklären und erläutern, wie alles ablaufen wird», fügte er mit einem aufmunternden Lächeln hinzu. «Bei einer Chemotherapie werden verschiedene Medikamente in Tablettenform, oder in diesem Fall, per Infusion, welche bei einer Vene gelegt wird, dem Körper hinzugefügt. Eine komplette Chemotherapie dauert ungefähr 5 bis 6 Monate und wird in mehrere Zyklen unterteilt. Ein Zyklus ist jeweils ein Behandlungsschema. Das heisst, es wird für einen bestimmten Zeitraum festgelegt, an welchem Tag man welche und wie viele Medikamente bekommt. Es muss nicht sein, dass an jedem Tag des Zyklus Medikamente eingenommen werden müssen, an bestimmten Therapietagen wird auch eine Pause eingelegt. Nachdem ein Zyklus abgeschlossen wurde, legt man eine kurze Pause ein, in welcher sich der Körper erholen kann, bevor ein erneuter Zyklus gestartet wird. Die Zyklusdauer und Anzahl der Zyklen einer kompletten Chemotherapie sind immer unterschiedlich. Es kommt hierbei auf das Krankheitsbild und verschiedene Faktoren an. Diese Faktoren werden vom Blutbild bestimmt. Man nimmt regelmässig eine Blutprobe und untersucht, ob die Blutwerte besser werden. Daraufhin beschliesst man, wie man weiter verfahren will,» erklärte der Arzt den Ablauf einer Chemotherapie, während sowohl Sadako als auch ihre Mutter aufmerksam zuhörten. «Leider bringt eine Chemotherapie auch negative Nebenwirkungen mit sich», fuhr der Arzt nun mitfühlend fort. «Sadako wird wahrscheinlich aufgrund der Medikamente häufig geschwächt und müde sein. Ausserdem besteht eine grössere Gefahr zu einer Infektion, weshalb es wichtig ist, besonders auf die Hygiene zu achten. Eine Chemotherapie kann ebenfalls zu Haarausfall oder einer Veränderung der Haut und Nägel führen. Auch Entzündungen an der Mundschleimhaut können auftauchen, doch wenn man auf eine gute Mundhygiene achtet, kann man die Wahrscheinlichkeit dafür deutlich reduzieren.» Als der Arzt kurz innehielt, dachten Shiori und Sadako schon, dass die Liste der Nebenwirkungen endlich fertig sei, doch der Arzt setzte an weiterzusprechen. «Ebenfalls üblich während einer

Chemotherapie ist Übelkeit und Appetitlosigkeit. Sie sollten dagegen allerdings schon beim letzten Mal Medikamente erhalten haben. Mag Sadako also nicht mehr so viel essen oder ist etwas schwächlicher als sonst, muss das nicht heissen, dass sich ihr Zustand verschlimmert, es kann ebenfalls einfach eine Nebenwirkung der Chemotherapie sein,» schloss der Arzt seinen langen Monolog ab. Die Mutter und ihre Tochter wussten gar nicht, wie sie reagieren sollten und nickten einfach, um zu zeigen, dass sie verstanden hatten. «Habt ihr noch irgendwelche Fragen, was den Prozess oder die Nebenwirkungen betrifft?», fragte der Arzt die beiden. Shiori meldete sich und fragte: «Wie lange dauert so eine einzelne Therapie?» Der Arzt rieb sich kurz an der Nase, schien kurz zu überlegen und antwortete schlussendlich mit: «Das kann jedes Mal anders sein, ich denke heute sollte es ungefähr eine Stunde gehen. Hat jemand von euch noch weitere Fragen?» Als sich keiner der beiden meldete, beschloss er fortzufahren und wandte sich an Sadako. «Bist du bereit? Wir werden dir einen venösen Zugang legen und dann diesen Beutel», dabei zeigte er hinter sich auf einen mit Flüssigkeiten gefüllten Beutel, «welcher mit den Medikamenten gefüllt ist, anschliessen.» Sadako drückte die Hand ihrer Mutter, welche auf einem Stuhl neben ihr sass, und antwortete: «Ja, ich bin bereit.»

Während der ganzen Prozedur durfte die Mutter bei Sadako bleiben. Sie unterhielten sich über die Schule und alltägliches, um sich gegenseitig von der gegenwärtigen Situation abzulenken. Der Arzt hatte das Zimmer verlassen und kam nur gelegentlich rein, um sich zu erkundigen, ob alles okay sei. Nach etwas mehr als einer Stunde kam schliesslich das stetige Tropfen des Beutels zu einem Ende. Die Mutter kontaktierte eine Pflegeperson auf dem Gang und bald darauf kam auch schon der Arzt ins Zimmer.

Währenddem er die Infusion abnahm, fragte er an Sadako gewandt: «Und wie geht es dir Sadako, noch alles gut?» «Es geht mir okay. Ich fühle mich aber etwas ausgelaugt und müde. Aber damit werde ich wohl in Zukunft noch häufiger zu kämpfen haben», antwortete sie nach einer kurzen Zeit, in der sie in sich hineingefühlt hatte. «Da hast du recht, aber es wird auch Tage geben, an denen es besser ist. Es werden nicht alle gleich schlimm sein», erwiderte der Arzt mit einem aufmunternden Lächeln im Gesicht. «Dann wären wir für heute fertig.» Er reichte einen kleinen Zettel an Frau Sasaki, welche ihn mit beiden Händen annahm und erklärte: «Dies sind drei Medikamente, die Sadako morgen einnehmen soll. Jedes dieser Medikamente soll einmal morgens und einmal abends eingenommen werden. Eines dieser Medikamente kann Übelkeitserregend sein, falls Sadako übel werden sollte, geben sie ihr einfach eine Tablette des

Medikamentes, welches ich mit etwas Abstand daruntergeschrieben habe. Wenn sonst alles klar ist und sie keine Fragen mehr haben, wären sie für heute entlassen. Falls sich irgendwelche Verschlechterungen zeigen sollten, zögern Sie nicht, uns anzurufen oder vorbeizukommen», verabschiedete sich der Arzt mit einer leichten Verbeugung, welche Sadako und Shiori etwas länger und tiefer erwiderten, bevor er den Raum verliess. Auch Sadako und ihre Mutter packten ihre Sachen und machten sich auf den Heimweg.

Der Nachmittag verstrich ohne weitere Geschehnisse. Sadako lag hauptsächlich in ihrem Bett und ruhte sich aus. Gegen Abend klingelte es an der Haustür. Sadako entschloss sich liegenzubleiben und zu warten, bis jemand anderes die Tür aufmachte. Doch als sie hörte, wen ihre Mutter begrüsste, sprang sie beinahe aus dem Bett. Keine Sekunde später bereute sie diese Tat. Ihre Beine gaben unter ihr nach und sie stürzte auf den Boden. Solche raschen Aktionen waren nichts für ihren geschwächten Körper. Sie hievte sich wieder hoch und setzte sich an ihre Bettkante und das keine Sekunde zu früh. Kaum sass sie dort, öffnete sich auch schon ihre Tür. Im Türrahmen stand ihre beste Freundin und lächelte ihr zu. «Hey Sadako, wie geht es dir?», fragte sie mit Besorgnis in der Stimme. «Etwas müde, aber sonst geht es gut. Hast du schon mitbekommen, was los ist, Mitsuko?», erkundigte sich Sadako nach dem

Wissensstand ihrer Freundin. Niedergeschlagen antwortete diese: «Ja, deine Mutter hat es gestern meiner Mama erzählt und sie hat mir dann die Nachricht weitergeleitet. Es tut mir so leid.» Mit gesenktem Kopf kam sie auf Sadako zu und nahm sie in die Arme. Sadako vernahm ein leichtes Schluchzen ihrer besten Freundin, doch nach nicht allzu langer Zeit nahm es wieder ab. Mitsuko löste sich von ihr, lehnte sich etwas zurück und wischte sich ihre Tränen aus den Augen. «Tut mir leid, eigentlich habe ich mir fest vorgenommen nicht zu weinen, aber ich konnte gerade einfach nicht anders», entschuldigte sie sich. Sie holte einmal tief Luft und ergänzte: «Denn ich weiss, dass du den Krebs überstehen kannst!» Aufmunternd lächelte sie Sadako an. «Ah, das habe ich ja fast vergessen, ich habe Origami Papier mitgebracht, lass uns zusammen Kraniche falten!», rief Mitsuko aus, während sie aufsprang. «Lass mich den Stapel kurz unten holen gehen», und schon war sie weg, bevor Sadako irgendwelche Fragen stellen konnte. Warum wollte ihre Freundin Origami Kraniche falten? Sie machten das sonst nie und ihre Freundin hatte auch noch nie etwas in dieser Art vorgeschlagen. Sie konnte sich keinen Reim darauf machen, was Mitsu, wie sie ihre beste Freundin häufiger nannte, nun vorhatte. In kürzester Zeit stand sie, dieses Mal mit einem Stapel Origami Papier in der Hand, wieder im Zimmer. «Ehm Mitsu, ich verstehe nicht ganz. Wir können schon Kraniche falten, sofern du mir zeigst wie, aber wie kommst du auf diese Idee?», konnte Sadako endlich ihre unbeantwortete Frage stellen. «Kennst du die Legende etwa nicht?!», rief Mitsuko aus. Verneinend schüttelte Sadako ihren Kopf. «Es wird gesagt, dass wenn man 1000 Papierkraniche faltet, die Götter einem einen Wunsch gestatten. Man kann sich dabei wünschen, was man will! Ausserdem sagt man ja, dass wenn man jemandem einen Kranich schenkt, man diesem 1000 Jahre Glück und Gesundheit schenkt. Also genau das, was du brauchst!», fing ihre Freundin an ihre Idee zu erklären. Sadako ging ein Licht auf. Jetzt machte der Vorschlag von Mitsuko endlich einen Sinn. «Okay, das klingt nach einem guten Plan», unterstützte Sadako die Idee, «aber weisst du auch, wie man einen Kranich faltet, Mitsu?» «Natürlich, ich habe gestern den ganzen Abend lange von meiner Mama gelernt, wie ich diese falten kann. Sie war auch diejenige, die die Idee mit den Papierkranichen hatte.» «Wollen wir das draussen im Vorgarten machen? Etwas frische Luft würde mir bestimmt guttun», meinte Sadako. Ihre Freundin nickte zustimmend und die beiden gingen gemächlich nach draussen. Auf der Terrasse im Vorgarten setzten sie sich die beiden auf den Boden vor dem Tisch und griffen nach einem Origami Papier. Schritt für Schritt zeigte Sadakos Freundin ihr, wie sie einen Kranich falten kann. Der erste sieht noch etwas krumm und ungleichmässig aus, doch der zweite wird schon deutlich besser und nach und nach werden sie immer schöner. Die beiden Freunde falteten Kraniche, bis es Zeit fürs Abendessen wurde und Sadakos Freundin wieder nachhause gehen musste. Als sie sich verabschiedeten, versprach Mitsuko am nächsten Tag wieder vorbeizukommen und weiter zu falten. Heute hatten sie zusammen gegen die 20 Kraniche geschafft und Morgen wollten sie mindestens genauso viele schaffen.

Die Tage verstrichen ohne grosse Ereignisse. Sadako blieb hauptsächlich zuhause und beschäftigte sich dort. Die meiste Zeit schlief sie, erledigte Dinge für die Schule oder faltete Kraniche. Gegen den Abend schloss sich ihr meistens Mitsuko an und half ihr beim Falten. Auch Shiori setzte sich bei Gelegenheit zu ihr und half ihr zu falten. Anfangs war sie ebenso verwirrt wie Sadako, warum sie Kraniche falteten sollten, doch nachdem Sadako die Legende erklärt hatte, half sie Sadako immer wieder beim Falten. Auch ihrer anderen Freunde tauchten regelmässig auf und unterhielten sie. Doch neben den ganzen schönen Erinnerungen und Zeiten mit ihren Freunden gab es auch immer mehr dunkle Zeiten. Sie fühlte sich häufig allein und die Nebenwirkungen der Chemotherapie machten ihr immer mehr zu schaffen. Ihr Appetit ging immer weiter zurück und sie merkte auch, dass sie immer schwächer wurde. Ob diese Schwäche nun direkt von der Leukämie oder eher indirekt aufgrund des Appetitverlustes kam, wussten sie nicht. Auch die Therapie schlug nicht so gut an, wie alle gehofft hatten. Das Ganze steigerte sich so weit, dass sie immer häufiger ihren Freunden absagen musste, da sie einfach zu müde für irgendwelche Unterhaltungen und Aktivitäten war. Der Arzt sagte schon länger, dass wenn es so weiter gehe, sie stationär im Krankenhaus aufgenommen werden müsse. Als Sadako bei ihrem nächsten Termin erklärte, wie es ihr mit den Nebenwirkungen erging und auch kaum eine Besserung im Blutbild zu erkennen war, beschloss der Arzt, dass es am sichersten wäre, wenn man sie stationär im Krankenhaus behalten würde. Sie vereinbarten, dass sie am nächsten Tag stationär im Krankenhaus aufgenommen werde und den Kampf gegen die Leukämie dort fortsetzen würde.

An diesem Abend berichtete Sadako Mitsuko die schlechten Neuigkeiten und versprach ihr, dass sie ihr möglichst bald mitteilen werde, in welchem Zimmer sie untergebracht werden würde. Dabei bat sie ihre Freundin auch, die anderen zu informieren, nicht dass sie vor ihrer Haustür erschienen und sie nicht dort war. Die meisten ihrer Sachen hatte Sadako bereits gepackt, so musste sie am nächsten Morgen nur ein paar letzte Dinge in ihrer mit Pandas verzierten Tasche verstauen und war bereit fürs Krankenhaus, zumindest physisch. Psychisch wollte sie sich immer noch nicht eingestehen, dass es so weit gekommen ist, dass sie ins Krankenhaus musste. Die neue Umgebung würde es ihr nicht einfacher machen sich wohl und gelassen zu fühlen. Sie dachte, dass sie das Krankenzimmer unsicher fühlen lassen werde und war nicht besonders erfreut darüber ihr Zimmer aufzugeben. Gleichzeitig hatte sie aber auch einen Funken Hoffnung, dass es ihr dort unter besserer Beobachtung vielleicht eher gelingen würde den Krebs zu besiegen.

«Bist du bereit?», fragte ihre Mutter, welche im Türrahmen stand. Sadako nickte unmotiviert. Sie hatte gerade eben die letzten Gegenstände in ihrer Tasche verstaut und den Reissverschluss geschlossen. «Dann lass uns gehen», murmelte Shiori und ging auf die Tasche zu, um diese zu tragen. Der Weg an den Kirschblütenbäumen vorbei, um ins Krankenhaus zu gelangen, kam Sadako heute viel länger vor als die letzten Male. Als Kind war das alles nochmals eine andere Sache, da verging die Zeit auf dem Weg zum Krankenhaus wie im Nu, doch mit jedem weiteren Termin, erschien ihr der Weg länger. Sie fragte sich, wann sie wohl das nächste Mal diese Strecke gehen würde und ob es vielleicht sogar ihr letztes Mal war. Schnell schob sie den Gedanken wieder beiseite. Sie hoffte fest darauf, dass es entweder ihr Körper schaffen würde den Krebs zu besiegen oder sie die 1000 gefalteten Kraniche erreichen würde und sich somit von den Göttern gesund wünschen lassen konnte.

Im Krankenhaus angekommen dauerte es nicht lange, bis sich ihrer angenommen wurde und sie zu ihrem vorübergehenden Zimmer geführt wurde. Als sie die Tür aufstiess, erblickte sie, anders als erwartet, ein gelb gestrichenes Zimmer. Sie dachte, dass alle Zimmer in einem Krankenhaus gleich aussehen würden, doch dieses verströmte etwas mehr Leben als die Üblichen. Als sie einen weiteren Schritt ins Zimmer machte, fiel ihr auf, dass nicht nur ein Bett in dem Zimmer stand. In dem Zimmer traf sie auf zwei Betten, wovon eines schon belegt war. Am Zimmerrand war eine Papierene Trennwand, die etwas Privatsphäre ermöglichen sollte. Am Kopfende des Bettes lag ein grosser Teddy und auf dem Nachttisch nebenan lagen ein paar Zeitschriften. An der Wand hinter dem Bett waren viele Karten und Zeichnungen mit Gute Besserungswünsche aufgehängt, was ihr aber besonders ins Auge fiel, war eine bunt gestaltete Liste. Darauf waren viele Punkte aufgelistet und einige davon waren auch schon durchgestrichen. Sie konnte allerdings nicht erkennen, wofür die Liste war. Die andere Seite des Zimmers war noch komplett leer. Die Pflegerin deutete in Richtung des freien Betts und sagte: «Das ist deine Seite Sadako. Deine Zimmernachbarin ist in deinem Alter und leidet ebenfalls an Leukämie. Sie ist momentan in einer Therapie, sollte aber in einer Stunde wieder zurück sein. Mach es dir gemütlich und falls etwas ist, kannst du entweder auf einen dieser Knöpfe drücken», dabei deutete sie auf rote Knöpfe, welche ganzen Zimmer verteilt waren, «oder du kommst zum Stationszimmer und fragst jemanden des Pflegepersonals.» Sowohl Sadako als auch Shiori nickten verstehend. Die Pflegerin drehte sich um und liess die beiden allein in dem Zimmer stehen. «Das wird nun wohl vorläufig mein Zimmer sein», stellte Sadako mit einem Seufzen fest. Sie ging auf das Bett zu und setzte sich dort hin. Die Anreise hatte mehr an ihren Kräften gezerrt, als sie sich eingestehen wollte. Ihre Mutter kam auf sie zu und setzte sich neben sie auf die nicht ganz so weiche Matratze. Sie wusste, dass Sadako sich davor fürchtete allein hier zu bleiben. «Das wird schon gut gehen und du hast ja sogar eine Zimmernachbarin, welche in deinem Alter ist. Ich bin mir sicher, dass ihr euch gut verstehen werdet und abgesehen davon werde ich und auch deine Freunde dich häufig besuchen kommen. Du wirst gar nicht merken, dass sich viel verändert hat», versuchte sie ihrer kleinen Kämpferin Mut zuzusprechen. Sadako nickte und stand wieder auf, um ihre Sachen auszuräumen. Ihre Mutter eilte ihr dabei zu Hilfe. «Kannst du meinen Freunden sagen, welches Zimmer ich habe und um welche Zeit sie mich besuchen kommen dürfen?», bat Sadako Shiori. Diese nahm den Auftrag an und versprach ihrer Tochter ihre Freunde zu informieren.

Nachdem sie alles ausgepackt und verstaut hatten, beschlossen die beiden im Krankenhaus eigenen

Restaurant essen zu gehen, da es inzwischen Mittagszeit war. Ausnahmsweise durfte sich Sadako einen Nachtisch bestellen, obwohl sie ihre Hauptspeise nicht zur Gänze aufgegessen hatte. Sie entschied sich für Erdbeer-Daifuku. Normalerweise liebte sie diese Nachspeise über alles, doch heute wollte es ihr einfach nicht schmecken. Zuerst dachte sie, dass sie es einfach schon zu lange nicht mehr gegessen hatte, doch es wurde auch beim zweiten und dritten Bissen nicht viel besser. Schlussendlich liess sie den Rest stehen und bot ihn ihrer Mutter an.

Nach dem Essen machten sie sich wieder auf den Rückweg zu Sadakos Zimmer. Dieser Vormittag war für Sadako sehr anstrengend und sie merkte, wie sie ein Nickerchen gebrauchen könnte. Ihre Mutter schien das zu spüren, denn ihr Ziel haben sie ausgemacht, ohne überhaupt darüber zu sprechen.

Zurück im Zimmer wurden sie allerdings schon erwartet. Kaum trat Sadako ins Zimmer, hörte sie schon eine Stimme, die sie freudig begrüsste. Der Vater nebenan deutete eine Verneigung an, versuchte seine Tochter etwas zu beruhigen und schenkte Sadako gleich darauf ein entschuldigendes Lächeln. «Tut mir leid, ich bin etwas übermütig, wenn ich neue Menschen kennenlerne, zumal ich schon seit einer Ewigkeit auf eine Zimmernachbarin warte», entschuldigte sich nun das Mädchen. «Es freut mich, dich kennenzulernen, also nicht unter diesen Umständen und all dem, aber ich denke, du weisst, was ich meine! Ich bin Yui!», fügte sie mit einem breiten Grinsen hinzu. Etwas überwältigt und trotzdem glücklich darüber, dass die Zimmernachbarin nett zu sein schien, erwiderte sie den Grus und stellte sich mit ihrem Namen vor. Sadako setzte sich in ihr Bett und lächelte zur anderen Seite rüber. Ein ebenso grosses Lächeln wurde von der anderen Seite her erwidert. Bevor jedoch irgendjemand noch etwas sagen konnte, blickte Yuis Vater auf seine Uhr und sagte mit einem Seufzer, dass er wieder auf die Arbeit musste. Reumütig verabschiedete er sich bei seiner Tochter und versicherte er, dass er nachdem er mit seiner Arbeit fertig sein würde, wieder vorbeikommen würde. Auch Sadakos Mutter verabschiedete sich schon bald darauf von ihr und versprach ebenfalls gegen Abend wieder vorbeizukommen und dann auch Mitsuko mitzubringen.

Nachdem die Tür wieder zugefallen war, fingen die beiden Mädchen an miteinander zu sprechen. Sie schienen sich gut zu verstehen und in Sadako keimte die Hoffnung auf, dass der Aufenthalt vielleicht doch nicht ganz so schlimm sein würde und sie vielleicht sogar eine neue Freundschaft mit Yui knöpfen würde. Währenddessen fing Sadako unbewusst an Kraniche zu falten. Plötzlich erinnerte sich Sadako an die Liste, welche an der Wand hinter dem Bett ihrer Zimmernachbarin hing. Sie brachte all ihren Mut auf und fragte schliesslich: «Yui, was hat es eigentlich mit der Liste hinter dir auf sich? Sofern du mir das verraten möchtest.» «Meinst du diese?», fragte Yui, währenddem sie auf das Blatt Papier deutete. Sadako beantwortete diese Gegenfrage mit einem nicken. «Diese war die Idee meines Vaters. Er gab mir den Auftrag alles auf die Liste zu schreiben, mit all dem, was ich noch erleben will und solange ich hier im Krankenhaus feststecke, arbeiten wir diese Punkt für Punkt ab. Er will mir die Möglichkeit geben, alle Wünsche in Erfüllung gehen zu lassen, bevor … du weisst schon, bevor es vielleicht zu spät ist …», erklärte sie mit einem traurigen Lächeln. «Das klingt aber nach einer schönen Idee …», erwiderte Sadako mit den Gedanken abschweifend. Bevor sie zu weit abdriften konnte, riss ihre Zimmernachbarin sie wieder aus den Gedanken: «Und was hat es bei dir mit dem Falten auf sich?» «Ich falte Kraniche, da man sagt, dass wenn man 1000 Kraniche faltet, man einen Wunsch von den Göttern erhält. Der Kranich ist ausserdem der Vogel des Glücks und der Gesundheit. Wenn ich es schaffe, die 1000 Kraniche zu falten, wünsche ich mir von den Göttern wieder gesund zu werden. Und wenn es möglich ist und in den Kräften der Götter steckt, wünsche ich mir, dass niemals wieder jemand an Leukämie leiden muss», erklärte sie nun ihrerseits. «Das ist ebenfalls eine sehr schöne Idee, magst du mir zeigen, wie man Kraniche faltet? Ich würde dir auch beim Verfassen einer Liste helfen, wenn du möchtest», schlug ihre neu gewonnene Freundin vor. Nickend nahm Sadako das Angebot an und setzte sich auf, um sich an den gemeinsamen Tisch zu setzen. Yui machte es ihr gleich. Sadako erklärte ihr Schritt für Schritt, wie man einen Kranich faltet und sobald sie den Dreh raus hatte, erklärte Yui, wie sie am besten eine Liste verfassen könnte.

Am späten Nachmittag kam der Vater ihrer Zimmernachbarin wieder und holte Yui für einen Ausflug zu einem Restaurant ab. Auf ihrer Liste stand nämlich noch ein Abendessen in einem 5-Sterne-Restaurant und heute war der Tag, an dem dieser Wunsch in Erfüllung gehen sollte. Die Mädchen verabschiedeten sich und Sadako wünschte ihnen viel Spass und einen guten Appetit, da sie wusste, dass Yui mit der gleichen Appetitlosigkeit zu kämpfen hatte. Nachdem die beiden das Zimmer verlassen hatten, beschloss Sadako sich etwas auszuruhen, bevor ihre Mutter mit Mitsuko vorbeikommen würde. Es dauerte auch nicht lange, bis die Müdigkeit über sie hineinbrach und sie in einen leichten Schlaf fiel.

Als es zaghaft an ihrer Zimmertür klopfte, wurde sie mit einem Ruck wach. Sie hatte geträumt, wie sie mit ihren Freunden und auch Yui in der warmen Sonne herumtollte. Dieser Traum ist mit dem Eintreten der Krankenschwester zerplatzt und riss sie in die

Realität zurück. Die Pflege begrüsste sie und stellte ein Tablett mit Essen auf den kleinen Tisch neben dem Fenster. Sadako war sich gar nicht bewusst, dass sie so lange geschlafen hatte. Nach diesem Nickerchen fühlte sie sich jedoch gestärkt und bereit wieder Besuch zu empfangen, doch zuerst sollte sie wohl ihre Mahlzeit essen. Sie raffte sich auf, setzte sich an den Tisch und fing an zu essen oder besser gesagt darin herumzustochern und nur ein paar wenige Bissen zu sich zu nehmen.

Noch bevor sie viel der Miso-Suppe essen konnte, klopfte es an der Tür. Zuerst dachte sie, dass es vielleicht die Pflegeperson sei, die ihr Tablett wieder abräumen wollte, doch zwei andere, bekannte Gesichter erschienen im Türrahmen. Ihre Mutter und ihre beste Freundin traten herein und lächelten ihr zu. Mitsukos Blick fiel sogleich auf das andere Bett im Zimmer. «Du hast ein Zweierzimmer?», fragte diese überrascht. Sadako bestätigte und antwortete auch gleich auf die Frage, ob ihre Zimmernachbarin nett sei, da sie gleich erkannte, dass diese Frage ihrer Freundin auf der Zunge zu liegen schien. Lächelnd setzten sich ihre beiden Besucher zu ihr an den Tisch. Während Mitsuko sie auf den neusten Stand brachte, was in der Schule lief, ass Sadako ein paar weitere Bissen.

«Faltest du immer noch fleissig Kraniche?», fragte Mitsuko, nachdem Sadako ihr Tablett von sich geschoben und sie ihr langes Referat beendet hatte. «Ja, mache ich immer noch. Du kannst mir nachher gerne dabei weiterhelfen. Ich habe allerdings noch mit etwas Weiterem angefangen», fuhr sie mit einem Blick zu ihrer Mutter fort. «Seht ihr die Liste dort über dem Bett meiner Zimmernachbarin? Das ist eine Wunschliste mit all den Dingen, die sie noch erleben möchte. Sie hat mir heute Nachmittag geholfen, eine für mich zu entwerfen und ich habe ihr gezeigt, wie man Kraniche faltet», erzählte Sadako mit einer Stimme, in der leichter Stolz mitschwang. Mit grossen, bettelnden Augen schaute sie ihre Mutter an und fragte sie: «Können wir bitte, bitte viele der Dinge, die auf meiner Liste stehen, tun?» Shiori antwortete ihr mit einem Lächeln: «Lass mich sehen, was du da so alles draufgeschrieben hast. Dann werden wir bestimmen, was sich alles machen lässt.» Auch Mitsuko lächelte, ihr schien die Idee, nochmals möglichst viele Wünsche von Sadako zu erfüllen, sehr gut zu gefallen.

Sadako stand auf und trat an ihr Nachttischchen, worauf schon einige gefaltete Kraniche lagen. Dort nahm sie ihre persönliche Wunschliste unter den Kranichen hervor und übergab sie ihrer Mutter. Diese überflog den Zettel und nickte. «Ich denke, da ist einiges dabei, was sich gut arrangieren lässt», kommentierte sie die Liste. Sadako freute sich sehr über diese Nachricht, auch wenn sie vielleicht nicht alles der Liste abarbeiten konnten, bedeutete es ihr schon viel, dass sie immerhin einige Punkte abhaken können wird. Auf der Liste standen sowohl simple Dinge, wie zusammen in eines der Restaurants zu gehen, wo es bekannte Mochi gab, als auch etwas kompliziertere Dinge wie einen Ausflug auf einen Hügel, von dem man das Meer, welches ein paar Stunden entfernt von ihrer Heimat war, sehen konnte.

Sie hatten noch am selben Abend einen Plan erstellt, welchen Wunsch der Liste sie als Erstes abarbeiten wollten. Sie entschieden sich für etwas Simples und luden auch Mitsuko zu dem Ausflug ein. Sadako versuchte immer wieder ihre Mutter zu überreden, den Ausflug ans Meer auch zu realisieren, doch wieder und wieder wies diese darauf hin, dass ihr solch ein Ausflug in Sadakos Zustand etwas riskant sei und sie ja auch ständig unter den Nebenwirkungen der Chemotherapie stände. Sadako beschloss vorerst aufzugeben, doch es dauerte nicht allzu lange, bis sie wieder auf dieses Thema zurückkam. Schon am nächsten Tag sprach sie ihre Mutter wieder darauf an und als diese erneut ablehnte, fragte sie einfach am Tag danach wieder.

Die Tage verstrichen und Sadako konnte schon einige ihrer Punkte abstreichen. Auch Yui konnte immer mehr ihrer Liste abhaken. Da sie einige Wünsche, wie den in einem guten Restaurant Mochi zu essen, beide auf ihrer Liste hatten, beschlossen sie diese Ausflüge zusammen zu machen. Immer mehr entwickelte sich eine Freundschaft zwischen den Beiden.

Als Sadako einige Tage lang gebettelt hatte, beschloss Shiori sich auf eine Abmachung einzulassen. Sie versprach ihrem kleinen Engel, dass sie diesen Ausflug zum Meer realisieren könnten, wenn sie wieder mehr Essen zu sich nahm und es ihr wieder besser ginge. Ausserdem wollte sie nicht aufbrechen, bevor nicht ein Arzt dieses Unterfangen guthiess. Sadako war die Freude und Entschlossenheit regelrecht im Gesicht abzulesen. Sie wollte diesen Ausflug und würde wohl alles tun, um diesen zu bekommen. Sie nahm sich fest vor mehr zu essen und wieder etwas zuzunehmen.

Ihre Entschlossenheit wurde über Wochen auf eine harte Probe gestellt. Ihr Appetit schien nicht zurückzukommen, doch sie gab nicht auf und ass von Tag zu Tag mehr. Zuerst waren die Verbesserungen kaum zu bemerken, doch nach und nach merkte man die Veränderung immer mehr. Schliesslich ging es Sadako wieder so gut, dass sie sich traute ihre Mutter erneut nach dem Ausflug zum Meer zu fragen. Die ganze Zeit über hatte sie dieses Thema nicht mehr angesprochen, doch jetzt fühlte sie sich so weit und wollte nochmals versuchen ihre Mutter zu überreden. Shiori überlegte nach der Frage eine Weile lang und befand, dass Sadako ihrer Meinung nach wieder fit genug sei, sie aber zuerst noch die Bestätigung des

Arztes abwarten wollte. Als sie am nächsten Tag wieder zu Besuch kam, sprach sie den Arzt auf das geplante Unterfangen an. Dieser meinte ebenfalls, dass es Sadako wieder gut genug für einen solchen Ausflug gehen würde. Er empfahl allerdings nicht länger als einen Tag fortzubleiben und zu beachten, dass sie an einem Tag gingen, wo Sadako eine Pause der Chemotherapie hatte oder ein Zyklus gerade eben beendet worden war. Shiori bedankte sich für die Einschätzung des Arztes und bestätigte, dass sie auf die Tipps des Arztes hören werde. Als der Arzt das Krankenzimmer verliess, drehte sie sich zu ihrer Tochter um und versprach ihr, den Ausflug auf den nächsten Mittwoch, welcher schon in drei Tagen war, zu organisieren.

Überglücklich über diesen Beschluss machte sich Sadako gleich daran, sich schöne Bilder von ihr auf dem Hügel bei Sonnenuntergang im Kopf auszumalen. Sie wusste zwar, dass sie den Sonnenuntergang nicht sehen würde, doch in ihrem Kopf hatte sie die Erlaubnis zu allem.

Die drei Tage zogen sich für Sadako unendlich in die Länge. Sie konnte es nicht fassen, dass sie es geschafft hatte ihre Mutter zu überzeugen und das Meer besuchen würde. Sie plapperte schon die ganze Zeit Yui mit ihren Ideen und Gedanken über den Ausflug voll und kannte kaum mehr ein anderes Thema. Auch wenn es ihre Zimmernachbarin manchmal etwas zu nerven schien, konnte man die meiste Zeit erkennen, dass sie sich unglaublich für Sadako freute.

Schlussendlich gingen die Tage trotzdem vorbei und der Mittwoch kam. Schon früh war Shiori im Krankenhaus eingetroffen, um ihre Kämpferin abzuholen. Sie hatten einen langen, anstrengenden Tag vor sich. Sie versuchte zwar Sadako so gut wie möglich vor Anstrengungen zu schonen, doch selbst dann würde es immer noch ein langer Tag werden.

Sadako war schon seit dem frühen Morgen wach und schon längst bereit, als ihre Mutter erschien. Gegessen hatte sie bisher noch nichts, aber ihre Mutter hatte eine Tasche mit ein paar ihrer liebsten Mahlzeiten gepackt, welche sie während der Zugfahrt essen konnten. Als sie die letzten Abklärungen mit dem Pflegepersonal abschlossen, verliessen die beiden Hand in Hand das Krankenhaus. Auch wenn schon der September eintraf, versprach der Tag schön zu werden. Es war nicht solch schönes Wetter, dass man ohne Jacke gehen könnte, aber wenn man sich eine leichte Jacke oder einen Pullover überzog, zog die Herbstluft gerade angenehm und erfrischend an einem vorbei. Der Bahnhof lag nicht weit von dem Krankenhaus entfernt und schon bald standen die beiden bei den Gleisen und warteten auf ihren Zug. Sadako platzte fast vor Vorfreude. Dass sie es tatsächlich schaffen würde, wieder genügend fit zu werden, hätte sie anfangs nicht gedacht. Doch für einmal stellte ihr sturer Kopf einen Vorteil dar. Auch ihre Mutter dachte anfangs nicht, dass sie es schaffen würde, doch Sadako belehrte alle eines Besseren.

Kaum 10 Minuten später fuhr ihr Zug in den Bahnhof ein. Die Räder quietschten unangenehm und liessen Sadako leicht zusammenzucken. Die beiden eilten zu der nächsten Tür, betraten den rötlich gefärbten Zug und suchten sich ein ruhiges Abteil. Tatsächlich fanden sie bald darauf ein unbelegtes und machten es sich darin gemütlich. Auch wenn es Sadako etwas besser ging, erleichterte es sie, dass sie wieder etwas sitzen und sich nun auf die Zugfahrt freuen konnte. In ihrer Kindheit war sie nie gross aus ihrer Stadt gekommen und konnte deshalb auch nur selten Zug fahren. Somit empfand sie heute nicht nur das Meer als etwas Spezielles, sondern auch schon die Zugfahrt an und für sich. Als sich die Dampflok mit einem Pfeifen langsam in Bewegung setzte, klebte ihre Nase beinahe an dem Fenster. Sie schaute zu, wie sie sich langsam aus dem Bahnhof bewegten oder war es doch so, dass der Bahnhof wegfuhr und sie stehen blieben? Sadako wusste zwar, dass sie sich bewegte, aber in diesem Moment wirkte es so, als ob sich alles ausserhalb des Zuges bewegte und sie stehen blieb. Dieses ganze Geschehen faszinierte sie unglaublich. Das Verhalten von Sadako zauberte ihrer Mutter ein leichtes Lächeln auf die Lippen. Es machte sie etwas traurig, dass sie solche Ausflüge bisher noch nie ermöglicht hatte, doch zur selben Zeit machte es sie umso glücklicher, Sadako nun doch einen solchen Ausflug zu ermöglichen. Als Sadako sich von der vorbei bewegenden Umgebung endlich vorübergehend sattgesehen hatte und sich wieder von dem Fenster löste, hatte die Mutter schon einige Speisen ausgepackt. Sadako war nicht hungrig, doch sie wusste, dass sie die Energie, welche sie durch die Nahrung bekommen würde, an diesem Tag gut brauchen konnte und griff nach einigen Speisen. Nachdem sich Sadako dazu überwunden hatte, wenige Bissen zu essen, fühlte sich jedoch schnell satt und beschloss ein Nickerchen zu machen.

Ihr Schlaf währte jedoch länger als gedacht. Als sie sich langsam anfing zu regen, hatte sie bereits den grössten Teil der Fahrt verschlafen. Innerlich nervte sie sich selbst darüber, aber gleichzeitig fühlte sie sich gut und kräftiger als zuvor. Ausserdem dachte sie daran, dass es nun auch nicht mehr so lange gehen würde, bis sie das Meer sah. Den Rest der Zugfahrt fokussierte sie sich wieder auf die vorbeiziehende Landschaft, welche hauptsächlich von Reisfeldern geprägt wurde.

In weiter Ferne konnte sie schon ein Dorf ausmachen. Sie vermutete, dass dies die Station sein würde, bei der sie rausmussten. Sie konnte das Meer zwar weder sehen noch riechen oder hören, aber wusste intuitiv, dass es nicht mehr weit sein konnte. Als sie bei ihrer Mutter nachfragte, ob sie bei diesem Dorf aussteigen würden, bestätigte sie Sadakos Vermutung.

Das Dorf kam schneller näher, als Sadako gedacht hätte. Mit jeder Verringerung der Distanz wuchs ihre Freude und Ungeduld. Kurz bevor der Zug schlussendlich hielt, standen Shiori und Sadako, welche für kurze Zeit wackelig auf den Beinen stand, auf und gingen in Richtung der Tür. Die Türen öffneten sich kurz darauf und die beiden traten in die erfrischende Herbstluft. Sobald Sadako den fast leeren Bahnhof verlassen hatte, atmete sie tief ein. Sie schloss die Augen und genoss das ferne Geräusch der Wellen und den Geruch von Salz, der in der Luft lag. Sie liess sich Zeit, die neue Umgebung in sich aufzunehmen und zu geniessen, ehe sie nach der Hand ihrer Mutter griff und sie euphorisch in Richtung der Treppen, welche auf einen Hügel führten, zog.

Die Treppen schienen kein Ende zu nehmen. Die beiden mussten mehrmals auf der verlassenen Treppe innehalten und eine Verschnaufpause einlegen. Die Mutter überredete Sadako auch mehrmals etwas zu trinken und kleine Häppchen zu sich zu nehmen. Nach circa 20 Minuten schienen die Treppen langsam überschaubarer zu werden. Stark atmend nahm Sadako eine Treppenstufe nach der anderen. Die Aussicht, die sie oben erwarten würde, schenkte ihr neue Kraft und sie beschleunigte ihre Schritte für die letzten Treppen. Nach und nach schien der Himmel immer grösser zu werden. Neben dem Weg machte sich eine Wiese mit Blumen breit und machte den Duft, der in der Luft lag, noch angenehmer. Das Rauschen der Meeresbrandung wurde mit jedem Schritt lauter und versetzte Sadako in einen Trance ähnlichen Zustand. Endlich war Sadako so weit oben, dass sie einen ersten Blick auf das Meer werfen konnte. Der Wind schlug ihr entgegen und wirbelte ihre dünnen, immer weniger werdende Haare durch die Luft. Sadako rannte, die Warnung ihrer Mutter ignorierend, noch einige wenige Schritte weiter in Richtung der Klippen, blieb stehen und streckte ihre Arme gegen den Wind aus. Dabei schloss sie die Augen und genoss jede Sekunde, in der sie den Wind auf ihrer Haut spüren konnte, das Salzwasser in der Nase roch und das Rauschen des Wassers mit ihren Ohren wahrnahm. Die letzten Tage hatte sie nur von dieser Szene geträumt, doch sie hätte es sich niemals so befreiend und wunderschön vorstellen können.

Shiori blieb mit etwas Abstand hinter Sadako stehen und beobachtete sie einen Moment lang mit einem Lächeln voller Liebe. Sie mochte es, ihre Tochter glücklich zu sehen und der Gedanke, dass dies eines der letzten Male sein könnte, zerriss ihr das Herz. Auch wenn es Sadako momentan wieder besser zu gehen schien, war die Gefahr niemals gebannt. Mit wässerigen Augen, welche sowohl durch die Freude als auch die Angst aufkamen, wendete sie sich ab und breitete eine Decke in dem Gras aus. Sie hatte beim Packen an alles, was man bei solch einem Ausflug gebrauchen könnte, gedacht. Sie setzte sich schon einmal auf die Decke und liess Sadako noch etwas die vermeintliche Freiheit geniessen.

Sadako nahm ein letztes Mal tief Luft, hob dabei die Schultern leicht und drehte sich mit einem Lächeln auf ihren dünnen Lippen um. Sie kam direkt auf ihre Mutter zu und sprang ihr fast schon in die Arme. Warm eingekuschelt, drückte sie einen Kuss auf ihre Wange und bedankte sich mit ganzem Herzen bei ihr, dass sie ihr diesen Ausflug ermöglicht hatte und sie sich nichts Besseres vorstellen könne. Die nächsten Stunden erinnerten sie sich zusammen an vergangene Abenteuer und lachten dabei so viel, wie sie seit der Diagnose nicht mehr gelacht haben.

Als sie seit einer Weile einfach Arm in Arm dasassen, streckte Sadako ihren Arm aus und deutete auf etwas in der Ferne. «Siehst du diese Vögel dort? Ich habe gar nicht bemerkt, dass sie über uns hinweggeflogen sind. Hast du sie bemerkt?», fragte Sadako ihre Mutter. Diese blickte nur verwirrt drein: «Welche Vögel meinst du? Ich sehe keine.» Wieder zeigte Sadako in die Ferne. «Dort, es sind ganz viele, es ist ein ganzer Schwarm schwarzer Vögel, die aufs Meer fliegen.» Versuchte Sadako zu erklären, was sie sah, doch ihre Mutter schien die Vögel immer noch nicht zu sehen und schüttelte nur leicht ihren Kopf.

Die beiden sassen nach diesem Vorfall noch eine Weile auf dem Hügel und genossen den Ausblick. Da sie aber wieder gegen Abend in dem Krankenhaus sein mussten, blieb ihnen nicht mehr allzu viel Zeit an diesem prächtigen Ort. Schon bald musste sich Sadako von der wundervollen Aussicht verabschieden. Sie stand nochmals etwas weiter an den Abgrund und sog die letzten Augenblicke in sich auf. Sie versuchte nochmals die schwarzen Vögel in der Ferne zu entdecken, doch sie waren nirgends mehr zu sehen. Schlussendlich wandte sie sich mit einem traurigen Lächeln zu ihrer Mutter um und sagte, dass sie bereit zum Gehen sei.

Der Rückweg viel Sadako schwer. Sie wollte noch nicht gehen und was würde sie alles dafür geben, um den Sonnenuntergang von diesem Ort aus zu sehen. Doch sie wusste auch, dass dies nicht möglich war und dass sie ins Krankenhaus zurückkehren sollte. Sie nahm sich jedoch fest vor, dass wenn sie wieder genesen war, sie einmal auf diesem Hügel den Sonnenuntergang anschauen werde. Ja wenn, dachte sie mit einem traurigen Lächeln.

Als sie wieder in dem Zug sassen, der sie zum Krankenhaus zurückbrachte, übermannte Sadako die Müdigkeit. Bei den vielen Eindrücken hatte sie gar keine Zeit, sich müde zu fühlen, doch jetzt, als sie den spannendsten Teil hinter sich hatte, machte sich die Schläfrigkeit deutlich bemerkbar. Auf der Heimfahrt nickte sie ein und schlief bis ihre Mutter sie weckte, da sie in kürzester Zeit ihre Station erreichen sollten. Sadako stand nur widerwillig auf, sie wäre gerne noch etwas länger in ihrer Traumwelt geblieben. Der Rückweg zum Krankenhaus schien ihr dieses Mal unendlich lange vorzukommen. Sie wollte nur noch zurück in ihr Bett und in ihrer Traumwelt zurück ans Meer reisen.

Als sie das Krankenhaus betrat, erkannte sie, dass etwas Neues an der gläsernen Eingangstür aufgehängt wurde. Sie brauchte kurz, bis sie realisierte, dass es das wundervolle Abbild eines Kranichs war. Desto länger sie dieses Bild anschaute, umso mehr Details schien sie zu erkennen. Sie trat mit ihrer Mutter durch die Tür, doch bevor sie um die nächste Ecke bog, verspürte sie den inneren Drang nochmals einen Blick zurückzuwerfen. Der Kranich befand sich immer noch an genau der selben Stelle. Eine Krankenschwester, die in der Gegend auf jemanden zu warten schien, bemerkte ihren neugierigem Blick. «Gefällt dir die neue Dekoration? Wir haben sie heute Nachmittag frisch aufgehängt. Wir haben lange an einem geeigneten Motiv studiert und uns dann schliesslich für den Kranich entschieden. Wusstest du, dass er als Symbol für die Gesundheit und das Glücks steht und somit ein

perfektes Zeichen für ein Krankenhaus ist?»
Schüchtern und mit einem Lächeln auf den Lippen,
nickte Sadako. «Ja ich wusste das tatsächlich. Ich
habe angefangen meine 1000 Kraniche zu falten»,
antwortete sie nun mit etwas mehr Selbstbewusstsein
in ihrer Stimme. Wissend lächelte die
Krankenschwester und wünschte ihr viel Erfolg und
Spass beim weiteren Falten.

In ihrem Zimmer angekommen, verabschiedete
Sadako sich von ihrer Mutter und fragte sie, ob sie
am nächsten Tag Mitsuko mitbringen könne. Ehe sie
ins Bett ging, versprach sie der neugierigen Yui am
morgigen Tag alles zu erzählen.

Sadakos Tagesablauf veränderte sich die nächste
Zeit nicht gross. Sie musste wieder in die
Chemotherapie und machte neben diesen Terminen
Ausflüge mit ihrer Mutter, Mitsuko oder Yui und
ihrem Vater.

Vor allem die Tage gleich nach ihrem Ausflug auf
den Hügel, sprach sie nonstop über die neuen
Eindrücke. Sie schilderte Yui und Mitsuko, welche
sich ebenfalls ganz gut miteinander verstanden, jedes
kleine Detail. Wie die Blumen und das Salzwasser
rochen, wie die Wellenbrandung klang und natürlich
von dem Gefühl der Freiheit, welches sie mit all
diesen Wahrnehmungen überkam.

Sadako fühlte sich fit und kam auch mit dem neuen Chemotherapiezyklus gut zurecht. Yui und sie hatten immer wieder gute Gespräche und Lachten viel miteinander. Die beiden verbrachten einen Grossteil ihrer Zeit zusammen. Gegen Nachmittag oder Abend stiess dann auch immer wieder Mitsuko dazu. Am morgen beschäftigten sie sich neben den Therapien jedoch zu zweit, da ihre Besucher dann zumeist keine Zeit hatten. Sie falteten gemeinsam Kraniche und unternahmen manchmal auch kleinere Spaziergänge zusammen.

Die Spaziergänge wurden jedoch von Tag zu Tag kürzer. Yui verlor immer mehr an ihrer Energie und die beiden blieben vermehrt in ihrem Zimmer und liessen es langsamer angehen. Sie erzählten sich gegenseitig Geschichten aus ihrer Kindheit vor der Leukämie und falteten dabei gemeinsam Kraniche. Später faltete dann nur noch Sadako, da Yui immer weniger aus dem Bett aufstehen mochte. Sie beschränkten sich auf das gegenseitige Erzählen von Geschichten, bis dann Yui immer häufiger während Sadakos Geschichten einschlief. Sadako nahm ihr das auch nicht böse, sie wusste, dass sich Yui nicht langweilte, sondern die Leukämie einfach zu sehr an ihren Kräften zehrte. Das zu anfangs mit Energie überfüllte Mädchen ging immer mehr in sich ein. Wenn Yui wach war, tat Sadako so, als hätte sie keine Sorgen und versuchte sie aufzumuntern und Mut zu zusprechen. Doch immer, wenn Yui schlief, überwältigte sie die Mutlosigkeit. Sie fragte sich, warum es genau sie beide treffen musste, wie es sein konnte, dass die Götter ihnen ein langes Leben verwehrten.

Die Zweifel, ob sie die Leukämie bekämpfen könne, überkamen sie immer, wenn sie alleine war. Hatte sie Besuch von anderen, schaffte sie es, all ihre negativen Gedanken beiseitezuschieben, doch kaum verliessen diese das Zimmer, kehrten ihre Gedanken zurück. Mit Yui konnte sie diese Gedanken ebenfalls unterdrücken, doch diese hatte immer weniger Wachphasen.

In einer stürmischen Nacht geschah es schliesslich. Yui verliess diese Welt, ohne die Wünsche ihrer Liste zu vollenden. Als Sadako an diesem Morgen aufwachte und ihr Bett allein in dem Zimmer stehen sah, wusste sie, was das bedeuten würde. Noch bevor sie die Bestätigung einer Pflegeperson einholen konnte, füllte eine unbeschreibliche Leere und Einsamkeit ihr Herz. Es fühlte sich an, als wäre ein Teil von ihr herausgerissen worden und nur ein klaffendes, leeres Loch zurückgeblieben. Ihre Tränen konnte sie jedoch zurückhalten. Es schienen als wären all ihre Emotionen verschwunden. Sie konnte und wollte noch nicht begreifen, was diese Nacht geschehen war. Erst als sie von dem Fachpersonal die Bestätigung bekam, löste sich der dicke Nebel um ihre Gefühle, und setzte all diese

Frei. Die Tränen liefen ihr übers Gesicht und sie spürte ein schmerzhaftes, stechendes Ziehen in ihrer Brust. Ihre Schluchzer wollten selbst nach einer langen Zeit nicht verklingen.

Als ihre Mutter sie schliesslich besuchen kam, verlor sie wieder all ihre Kontrolle. Eine weitere Schwelle der Trauer überkam sie. Doch mit dem Beistand ihrer Mutter, konnte sie diese schneller bewältigen. Sie beschlossen, auch wenn Sadako etwa müde war, aus dem Zimmer zu gehen. Shiori hatte die Vermutung, dass sich Sadako ausserhalb des Todesortes von Yui schneller fangen würde. Tatsächlich konnte sich Sadako bei ihrem Ausflug sogar etwas beruhigen, doch als sie nach einiger Zeit wieder zurück in das Zimmer traten, merkte sie schon, wie ihre Augen erneut wässerig wurden. Sie riss sich zusammen, bis ihre Mutter wieder nachhause musste und liess erst dann allen ihre Emotionen freien Lauf.

Die Tage waren einsam ohne Yui. Shiori und Mitsuko gaben ihr bestes Sadako auf andere Gedanken zu bringen. Häufig gelang es ihnen bei ihren Besuchen auch, doch wenn sie wieder gingen, dauerte es nicht lange, bis Sadakos Einsamkeit wieder zurückkehrte.

Nach dem Tod von Yui verschlechterte sich auch Sadakos Zustand drastisch. Die Einsamkeit tat ihrem Kampf gegen die Leukämie nicht gut. Ihre starke Willenskraft von früher litt unter diesem Alleinsein.

Durch das Fehlen dieser inneren Stärke, vollbrachte der Körper nicht mehr die gleichen Leistungen wie zuvor. Sadako wurde von Tag zu Tag dünner und bleicher. Ihre bisherige Stärke schwand immer mehr. Die Kraft verflog so weit, dass sie immer seltener zum Kraniche falten kam und sie diese Aktivität schliesslich ganz aufgeben musste.

Schon bald verlegte man sie auf die Intensivstation, in der Hoffnung, dass die Ärzte es schaffen würden ihre Lebenskraft wieder aufzubauen. Doch dieser neue Aufenthaltsort machte den Besuch von Geliebten noch schwerer und wurde dadurch rarer. Sadakos letzte Kraftquelle wurde noch schwächer. Auch Ablenkung war für sie kaum mehr möglich. Sie hatte schon bei den kleinsten Aktivitäten Mühe, da war das Falten von Kranichen, was einiges an Feingefühl benötigte, ein Ding der Unmöglichkeit. Sadako Sasaki verlor schliesslich am 25.10.1955 den Kampf gegen ihre Leukämie. Ihre Liste sollte für immer unvollendet bleiben. Die Kraniche kamen zu spät…

Als die Lehrerin die Geschichte beendete, schwieg die Klasse weiterhin. Während der gesamten Erzählung, war kein einziger Laut zu hören. Alle fokussierten sich völlig auf das Falten der Kraniche und dessen Geschichte. Einige hatten einen Kranich gefaltet und sich dann dafür entschieden, nur noch der Geschichte zu lauschen, andere hingegen haben in der Zwischenzeit nach weiteren Blättern gegriffen und weitere Kraniche gefaltet. In den Augen einiger der Kinder waren sogar Tränen zu erkennen, so sehr hat sie die Geschichte von Sadako Sasaki mitgerissen.

Schlussendlich durchbrach die Lehrerin die bedrückende Stille. «Nun versteht ihr Sicherlich, war wir mit diesen Kranichen vorhaben. Sota geht es nicht gut und ich dachte, dass es doch ein schönes Zeichen wäre, wenn wir ihm eine Kiste voller Kraniche, welche ja für Gesundheit und Glück stehen, verbeibringen würden. Ich werde diese Kraniche in dieser Kiste», dabei deutete sie auf eine Box auf ihrem Schreibtisch, «sammeln. Am Donnerstag habt ihr nochmals Zeit welche zu falten. Falls ihr in der Zwischenzeit noch mehr Kraniche falten wollt, steht dem natürlich auch nichts im Weg. Haruto hat sich dargeboten, dass er diese am Wochenende zu Sota mitnehmen könnte. Steht das Angebot immer noch, Haruto?», fragte sie Sotas besten Freund, um eine definitive Bestätigung zu bekommen. Dieser nickte stumm. Die Lehrerin bedankte sich mit einer dankenden Kopfneigung und fuhr an die Klasse gerichtet fort: «Zögert nicht, wenn ihr Sota besuchen gehen wollt. Aber natürlich müsst ihr ihn zuerst um Erlaubnis bitten. Jeder Tag könnte zählend sein. Sotas zustand hat sich die letzten Tage vor dem Einliefern stark verschlechtert.» Ein Klingeln unterbrach die Lehrerin. «Es scheint, als wäre es das für Heute. Am Donnerstag in der Klassenstunde werden wir weitere Kraniche falten und ihr habt dann auch die Möglichkeit, mir Fragen über dieses Thema zu stellen. Dann will ich euch jetzt nicht länger zurückhalten,» mit diesen Worten entliess sie ihre Klasse, welche aufstanden, sich kurz verneigten und sich dann mit ernstem Gesichtsausdruck auf den Weg zum nächsten Unterricht machten.

# Nachwort:

Liebe Leserin, lieber Leser

Danke, dass du dir die Zeit genommen hast, meine Novelle zu lesen. Ich möchte darauf hinweisen, dass diese Geschichte einen wahren Kern hat. Sadako Sasaki lebte von 1943 bis 1955 in Japan und war aufgrund des Atombombenangriffs an Leukämie erkrankt. Wie in meiner Novelle begann sie die 1000 Kraniche zu falten und erlag schlussendlich ihrer Leukämie. Ob sie die 1000 Kraniche geschafft hat oder nicht, ist nicht bekannt. Noch heute gibt es Statuen, die ihr Andenken wahren. Sie gilt als Vertreter der vielen Kinder, welche aufgrund des Atombombenabwurfs an Leukämie Erkrankten. Die Geschichte um diese Fakten herum ist erfunden und rein meiner Imagination entsprungen.

Vielen Dank fürs Lesen!